Petite Amie Dominante

Collection de domination érotique

Erika Sanders

ERIKA SANDERS

Petite Amie Dominante

Erika Sanders
Série
Collection de domination érotique

Synopsis

Après des années d'absence, Andrew retrouve sa vieille petite amie désireuse de se réconcilier.

Mais elle n'est plus la même ... et est méchante et blessée avec lui.

Andrew acceptera-t-il la nouvelle Veronica, plus confiante? Que fera-t-elle pour se venger de sa trahison?

Petite Amie Dominante est un roman à fort contenu érotique BDSM et, à son tour, un nouveau roman appartenant à la collection Erotic Domination, une série de romans à forte teneur en BDSM romantique et érotique.

(Tous les personnages ont 18 ans ou plus)

Remarque sur l'auteure

Erika Sanders est une écrivaine de renommée internationale, traduite dans plus de vingt langues, qui signe ses écrits les plus érotiques, loin de sa prose habituelle, de son nom de jeune fille

Indice

PETITE AMIE DOMINANTE
ERIKA SANDERS

CHAPITRE 1

Elle ne pouvait pas croire qu'il était entré dans son bar ...

VOTRE BAR !!

Une centaine de bars dans cette ville, et il a dû se rendre dans le sien.

Idiot!

Oui, il lui avait brisé le cœur ...

Il l'avait quittée pour cette élégante blonde maigre.

Mais elle n'était pas assise à pleurer.

Merde, merde!

Veronica a quitté le bar pour se tenir devant lui.

Ses mains bougèrent pour se poser sur ses hanches ...

Ce n'était pas une fille maigre.

Non, il avait des jambes solides, des hanches, de larges épaules.

Ses yeux verts le regardèrent.

Une mèche de cheveux roux était tombée de sa queue de cheval.

Elle secoua son visage avec irritation.

Il garda la tête penchée, les coudes sur le comptoir, tout en regardant un verre de soda.

«Andrew! Elle grogna.

Sa tête se leva lentement.

Une barbe de deux jours couvrit son visage.

Il y avait des lignes escarpées sur ce visage, qui n'existaient pas auparavant.

Les cheveux bruns étaient négligés.

Ses yeux rencontrèrent les siens, puis dérivèrent avec culpabilité.

La colère était brûlante et crue dans sa poitrine.

Soudainement, sa main est tombée de sa hanche et elle l'a frappé violemment sur la joue.

Elle l'a frappé si fort qu'il a tourné la tête.

Le bar se tut alors que tout le monde se tournait pour regarder.

Robert se précipita.

"Qu'est-ce que tu fais, Veronica?" Il siffla, furieux.

Techniquement, c'était son bar, elle y travaillait.

Mais même ainsi, Andrew n'avait pas le droit de venir ici ... pas après ce qu'il avait fait.

Veronica tourna ses yeux brûlants sur Robert, prête à l'attaquer.

"C'est bon, Robert." Dit Andrew en levant la main.

Avec l'autre, il se frotta la mâchoire.

Une tache rouge vif apparut sur sa joue.

«Elle a le droit d'être en colère. J'étais un con.

"Tu crois ça? !!" Elle renifla. «Pourquoi es-tu ici, Andrew?

«Je suis venu dire que je suis désolé, Veronica. Il lui lança un regard triste, rencontrant finalement ses yeux. "J'ai besoin de faire amende honorable."

"Oh, maintenant tu le sens ... Maintenant tu le sens? !!" Ses narines s'enflèrent et elle chancela, prête à frapper à nouveau.

«Va te détendre, Veronica. Dit Robert, désignant le couloir du fond. «Peut-être que tu devrais y aller, Andrew.

Veronica resta ferme, les regardant tous les deux.

Andrew attrapa sa veste en cuir à l'arrière du tabouret.

"J'étais stupide, Veronica, vraiment stupide!" Dit-il en reculant. «J'ai besoin de te parler. Je suis sobre maintenant.

Il se retourna, se dirigeant vers la porte, ses bottes d'équitation heurtant le sol.

Vero ne se détendit pas avant d'entendre le bourdonnement d'un moteur de moto s'enflammer dans le parking.

CHAPITRE 2

Gravel craqua sous ses bottes alors que Veronica se dirigeait vers sa voiture.

C'était son bébé, la vieille Chevy 79, argent et chrome.

La Honda de Robert était garée à proximité.

Ses seuls véhicules restaient sur le parking du bar.

J'étais épuisé après le travail ... et tout ce drame avec Andrew.

Un mouvement vers la gauche attira son attention.

Une forme ombragée ... à l'extérieur de l'anneau jeté par la lumière du parking.

Il s'approchait d'elle.

"ARRÊTEZ!" Elle a crié.

La silhouette a continué à se déplacer vers elle ...

Une forme volumineuse, bougeant avec détermination.

Se penchant, il fouilla dans la boîte à gants du camion et en sortit le pistolet qu'il gardait caché là pour ce genre de situations.

Donc, en une seconde, il avait son Smith et Wesson 9 millimètres, et son bras tendu ...

La main reposait contre le capot du camion.

Le bruit du chargement de l'arme résonna dans le parking vide.

"Oh merde!" Andrew siffla, à moitié gelé. "Oh mon Dieu! Ne me tire pas dessus, Vero!"

Au son de sa voix, elle baissa l'arme, l'adrénaline se précipitant dans ses veines.

Elle l'étudia en vidant la balle de la chambre.

Il n'y avait aucune trace de sa moto ici ... il devait être un peu plus loin dans la rue.

Elle glissa le pistolet dans la ceinture de son jean.

Il n'a pas dit un autre mot, jusqu'à ce qu'il l'ait sauvé.

Il s'approcha d'elle, vers la lumière.

"Tu es de retour." C'était une déclaration mécontente avec ses lèvres étroitement pincées. "Tu ne devrais pas traquer les gens dans le noir, Andrew."

"Pas de merde!" Il grimaça, la regardant avec méfiance. «Mais Veronica, je dois vraiment te parler...» Il regarda nerveusement la porte du bar.

Robert serait absent d'une minute à l'autre.

Andrew savait que l'homme ne serait pas trop heureux de le revoir ici.

"Je n'ai rien à te parler." Elle grogna "A moins que tu ne veuilles que je te frappe, encore."

"Tu peux faire ça si tu veux ..." Il le dit si doucement qu'elle l'entendit à peine.

"Quoi?"

"J'ai dit ... Tu peux me frapper à nouveau, si tu veux aussi." Un peu plus fort cette fois.

Vero le fixa pendant un long moment, puis contourna le camion jusqu'à l'endroit où il se trouvait.

Elle lança sa main sur son visage avec un WHAM retentissant!

Il resta immobile, absorbant le coup, les yeux fermés.

Soudain, elle leva la main sur sa veste ouverte, saisissant son cou rempli de muscles.

Sa main était juste là où son cou et son épaule se rencontraient.

"Agenouillez-vous et dites que vous êtes désolé." Elle siffla les mots.

Sa main le tirait.

Andrew a hésité une fraction de seconde, puis ses genoux ont heurté le sol.

Le gravier pressé à travers le jean contre sa peau.

Il la regarda dans la lumière.

"C'est ce que tu veux? Moi à genoux?" Je demande.

Elle acquiesça silencieusement, la fureur assombrissant ses yeux.

Avançant, elle frappa ses genoux avec le bout de sa botte pour les écarter davantage.

Il tendit la main pour passer une main dans ses cheveux, puis elle en attrapa une poignée et tira sa tête en arrière.

"Dites-le alors ... Dites-moi que vous êtes désolé maintenant." Elle parlait d'un ton grave et rauque.

"Je suis tellement désolé, Veronica" répondit sa réponse murmurée, tout en retenant un sanglot essoufflé.

Pendant une seconde, on aurait dit qu'elle pourrait l'embrasser.

Mais elle y pensa mieux et s'écarta, le libérant à la place.

Il gémit de son absence, manquant ce baiser.

Mais il était aussi presque surpris par les mots jetés par-dessus son épaule

"Suis moi à la maison."

CHAPITRE 3

Sa maison était toujours la caravane, garée en bordure du désert sur un terrain de cinq acres.

Le clair de lune était si brillant qu'il projetait des ombres sur le paysage.

Elle gara son camion et regarda sa Harley traverser l'allée menant au parking.

Un auvent tendu sur l'avant de l'ancien camping-car rénové, projetant une ombre sombre.

Se dirigeant vers la porte, elle le quitta pour le suivre sur son chemin.

Andrew s'arrêta pour regarder autour de lui.

C'était sa maison.

Elle l'avait bien gardé.

Cela fait trois ans ...

Les souvenirs l'ont frappé comme un coup de poing.

Il est presque tombé à genoux ...

Tout ce qu'il semblait savoir faire était de se battre, une sorte de lutte pour le pouvoir, constamment.

Il faisait beaucoup de fête avec les gens du club de motards.

Elle travaillait au bar.

Il y avait une blonde idiote derrière lui chaque fois qu'elle le pouvait.

Veronica était en colère.

Il lui disait de se détendre, de lui faire confiance.

Elle voulait que je dise à la fille de se perdre ...

Il a dit que c'était son devoir de faire ça ... pour que la salope sache qu'il n'était pas disponible sur le marché.

Il ne lui a jamais dit que rien ne se passait avec cette fille.

Il a juste insisté pour qu'elle lui fasse confiance, lui a dit de ne pas s'inquiéter.

Mais une nuit, les choses ont empiré.

Encore un gros combat, Veronica pleurant dans la petite cuisine.

Il était de nouveau ivre.

Elle a sorti les papiers de la remorque d'un dossier, et il les lui a remis ... les a jetés sur la table.

Puis il a emballé ses sacs à dos et est parti pour la nuit.

Stupide!

Il l'a laissée ici, seule ...

Si loin de ses amis et de sa famille.

Sur les routes secondaires, il lui a fallu deux semaines pour se rendre dans l'État de Washington.

Donc, il était toujours en colère contre elle.

Il a obtenu un emploi de bûcheron.

Il lui a fallu environ trois mois pour réaliser l'erreur qu'il avait commise ...

Oui, il était assez stupide.

Une fois qu'il a réalisé ... ce qu'il avait réellement fait, il était trop gêné pour rentrer chez lui, ou même appeler.

Il lui a fallu trois ans pour décider au moins d'essayer de rentrer chez lui.

`` Je ne fais rien ici " pensa-t-il en regardant les lumières s'allumer dans la caravane ...

Mais il y avait quelque chose là-bas, quand il s'était agenouillé pour elle ce soir ... non?

Avait-il mal compris ce regard de désir dans ses yeux?

Il est allé à la porte et a frappé.

CHAPITRE 4

Un "Entrez" étouffé retentit de l'intérieur.

Le cœur dans la gorge, Andrew ouvrit la porte métallique et monta les escaliers.

Vero était assis presque au même endroit où elle avait été la nuit où il était parti ...

Seulement maintenant, elle ne pleurait pas.

Maintenant, elle avait les bras croisés, le regardant avec un regard de pierre.

Oui, c'était devenu plus dur ces dernières années ... Il n'y avait aucun doute là-dessus!

Une paire de menottes a été placée sur la table.

Il les regarda avec curiosité.

Elle avait toujours été dominante ... agressive même, mais jamais méchante.

Son sexe a commencé à palpiter fort dans son jean délavé.

Ils étaient trop serrés pour cacher quoi que ce soit.

Elle regarda son entrejambe avec un sourcil levé.

«Tu es parti il y a longtemps, Andrew.

Il n'y avait aucune trace du doux sourire qui éclairait ce visage couvert de taches de rousseur et ensoleillé.

«C'était un crétin,» dit-elle, se demandant combien de fois elle allait devoir dire ça de plus.

"Est-ce que c'était? Quelque chose a changé?" Un regard très dur.

"Oui ... j'ai grandi. J'ai réalisé combien je t'aime, combien j'ai besoin de toi."

C'était peut-être une mauvaise idée de revenir en arrière.

Peut-être qu'elle ne l'accepterait plus jamais ...

Je ne lui pardonnerais jamais.

«Est-ce que la pute blonde t'a quittée? C'est pour ça que tu rampes vers moi?

"Je n'ai jamais été avec cette fille, Veronica. Elle m'a juste raccroché. Je ... j'aurais dû te le dire. J'aurais dû lui dire de se perdre ..." Il se sentit épuisé et triste.

"Quoi?" Elle fronça les sourcils. "Que diable, Andrew ... Tout ce combat que nous avons fait, vous n'étiez même pas avec elle? Pourquoi?"

«Je voulais être avec toi...» Il baissa le regard et le plaça dans sa botte sur le sol.

"NON!!" Elle rugit. "Je veux dire ... pourquoi ne m'as-tu pas dit que tu n'étais pas avec elle? !!"

Elle s'était levée de la banquette et avait posé son poing sur le devant de sa chemise.

Il n'avait pas besoin de chercher loin pour établir un contact visuel.

Il ne faisait que quelques centimètres de plus qu'elle.

Elle le repoussa, et il perdit l'équilibre, serrant le comptoir.

Haletant, il retrouva son équilibre, mais était ouvert à tout ce qu'elle voulait, ne faisant pas un seul mouvement pour sortir de son emprise.

Il y a trois ans, il s'était retiré d'elle et était parti.

Mais elle le touchait maintenant... c'était assez pour lui.

Sa respiration s'interrompit alors qu'il baissait les yeux.

Elle était de nouveau là, avec ce désir dans ses yeux.

Sa poitrine se souleva et descendit rapidement.

Elle le regarda ...

Un look stimulant.

Il soutint son regard pendant quelques secondes, puis détourna les yeux ... cédant.

Je n'ai jamais fait ça.

Une sensation de bourdonnement le remplit et il se sentit étourdi.

En regardant en arrière avec ses poings sur la table, il frissonna.

«C'était stupide... pure stupidité...» dit-il, retournant ses yeux vers les siens... essayant de la laisser voir dans son cœur.

Son visage s'adoucit légèrement, et elle lâcha sa chemise... retourna à table et s'assit avec un soupir.

"Où étais-tu pendant tout ce temps?" Elle ne le regardait pas ... elle regardait par les fenêtres sombres de la caravane.

"Washington ... Bûcheron." Il savait à quel point cela devait lui paraître fou.

"Parce que?" Elle fronça à nouveau les sourcils, paraissant plus confuse que fâchée.

"Parce que j'étais abasourdi ..."

"Je sais ... Je t'ai entendu les six premières fois! Tu étais stupide et un connard ... J'ai compris!" Elle était de nouveau en colère. Ses yeux verts clignotent ... "Mais pendant trois ans, Andrew?"

"Je ne savais pas comment dire que j'étais désolé, jusqu'à maintenant." Il murmura en écartant les mains.

Elle dut se pencher en avant pour l'entendre, puis se pencha en arrière sur le siège et hocha la tête distraitement.

Deux minutes complètes de silence se sont écoulées.

Andrew resta immobile, attendant qu'elle finisse de réfléchir.

Soudain, sa voix brisa le silence.

«Pourriez-vous vous mettre à genoux pour moi encore, Andrew? Elle se tourna vers lui, le désir de nouveau sombre dans ses yeux.

Avalant, il s'agenouilla à nouveau, gardant les yeux baissés.

La dureté de son érection était douloureuse, et il était échauffé par l'embarras.

Il l'entendit se lever et vit ses bottes entrer dans sa ligne de mire.

Une fois de plus, elle lui donna un coup de pied aux genoux et il entendit un gémissement.

Il lui fallut une seconde pour réaliser que le son provenait de sa propre gorge.

"Enlevez votre chemise." Elle a dit, les mots secs étaient comme des couteaux baissés.

Déboutonnant rapidement suffisamment de boutons pour que la chemise glisse sur sa tête, Andrew la retira d'abord de la ceinture de son pantalon ceinturé.

Et puis elle l'a enlevé, ébouriffant encore plus ses cheveux.

Avant qu'il ne sache quoi faire avec la chemise, elle la prit des mains et la jeta sur l'un des sièges de la remorque.

Elle marchait autour de lui, passant une main sur ses épaules et son dos durs.

"Merde, Andrew ... tu es vraiment devenu très fort ..."

Il avait des muscles très forts, obtenus par un travail manuel acharné comme bûcheron.

Elle revint devant lui et passa une main dans les cheveux bouclés brun clair sur sa poitrine.

Ensuite, sa main encercla l'un de ses petits mamelons, puis il le serra fermement entre ses doigts.

Il grogna, grimaçant, peu habitué à la douleur aiguë et perçante.

Elle n'avait jamais été comme ça avant ...

Ils avaient toujours baisé comme des gens normaux, et ça avait été bien.

Ils avaient aussi fait de l'oral, ils les faisaient se sentir bien tous les deux ...

Mais ça ... ça faisait battre son cœur et son cerveau hors de contrôle.

Elle pinça l'autre téton et il fit à nouveau gémir.

Avait-il frappé sa tête quelque part?

C'était un rêve?

La douleur qui a éclaté, quand elle a secoué les deux mamelons, et l'a ramené à la réalité.

Laissant un cri rauque, il aspira de l'air dans sa poitrine et commença à atteindre le comptoir ... pour se lever.

Que faisait-elle?

Une main appuyée sur son épaule, et elle attrapa une poignée de cheveux, tirant à nouveau sa tête en arrière.

"Si vous vous levez, sans que je vous commande, vous marcherez vers cette porte ... Comprenez-vous?"

Elle parla lentement en se penchant vers son oreille.

Il hocha la tête et se remit à genoux.

Putain de merde, qu'est-ce qui se passait?

Brusquement, elle s'écarta de lui, retourna à table.

Ummm, ce beau cul ...

Mais elle fut distraite par un tintement de métal, alors qu'elle ramassait les menottes de la table.

Oh merde!

Son sexe palpita comme un fou, et pendant une seconde, il pensa qu'il pourrait hyperventiler.

"Lève-toi et tourne-toi." Elle a dit.

Il y avait maintenant une sorte de confiance tranquille dans sa voix.

C'était quelque chose de nouveau

Il se leva et se retourna, attendant.

« Mets tes mains derrière ton cou, Andrew »

Il le dit comme si elle était sûre qu'il le ferait... et il le fit, en entrelaçant même leurs doigts.

Mais, lorsque le métal s'est refermé autour de son poignet gauche, il a eu un peu peur.

CHAPITRE 5

«As-tu les clés pour ça, Veronica?

Il essaya de la regarder par-dessus son épaule.

Elle l'ignora, tout en tenant l'autre menotte autour de son poignet droit.

Puis, se tenant à nouveau devant lui, elle tira sur un collier qui pendait à son cou.

Je ne l'avais pas remarqué auparavant.

La chaîne pendait à l'intérieur de l'encolure de son T-shirt "Robert's Bar".

Il l'a sorti et a montré quelques petites clés aux menottes qui pendaient au bout de la chaîne.

Il hocha la tête, soupirant de soulagement, et fut surpris par le sourire qui apparut sur ses lèvres.

"Combien de garçons as-tu enfermé comme ça, Vero?" Il a demandé, déglutissant.

«Tu es ma première» dit-elle pensivement.

«Alors pourquoi portiez-vous les clés? Il se sentait mal à l'aise de poser ces questions, alors qu'il était menotté,

"J'attendais le bon gars pour venir." Les mots ressemblaient plus à une pensée qu'à une réponse ...

Dieu, tout cela était si déroutant ... mais tellement excitant!

Il était venu ici pour lui présenter ses excuses ... mais qui était cette femme maintenant?

Le chaud picotement dans ses couilles lui disait que qui qu'elle soit avait toute son attention.

"Allons dans la chambre." Elle a déclaré, alors que sa main glissait sous la ceinture à l'arrière de son jean, pour le guider.

Elle le poussa dans le couloir étroit.

Pour traverser l'espace restreint, il a dû plier ses coudes autour de sa tête.

Il a été poussé à travers la porte de la chambre.

Le lit était fait avec soin, la chambre était propre, à l'exception de deux objets qui attiraient son attention.

Sur le couvre-lit, il y avait un magazine et un vibromasseur rose.

Le magazine le fit s'arrêter brusquement et elle faillit trébucher sur son dos.

Sur la couverture, il y avait un homme à genoux, un bâillon rond noir attaché à sa bouche.

Une corde traversa le corps de l'homme, liant ses bras fermement contre son torse.

Une sorte de métal tenait chaque téton.

"Esclave pour votre plaisir" est apparu en haut de la page.

Il se figea, jusqu'à ce qu'elle se fraye un chemin autour de lui, balayant le magazine et le vibrateur du lit.

"Oh, pour l'amour de Dieu ... C'est juste du porno!"

Elle avait l'air ennuyée, alors que je la jetais dans un tiroir de table de chevet.

Sa gorge travaillait pour trouver les bons mots, mais il était trop abasourdi ...

Étonné que sa douce Veronica puisse avoir quelque chose comme ça.

La chaleur la remplit et l'image de l'homme lié était gravée dans son cerveau.

Un coup dur contre son bras le ramena à la réalité.

«Reste devant le lit, Andrew.

Une fois qu'il était dos au lit, et que les menottes touchaient presque le cadre, Veronica est allée travailler sur sa ceinture.

Quand elle le déboutonna, ses jointures effleurèrent la peau chaude de son ventre.

Une ligne de boucles douces et sombres traça le centre de ses abdos, se glissant dans son jean.

Elle observa cela avec satisfaction, alors que les muscles se contractaient au toucher et que sa respiration s'arrêtait.

Lentement, il déboutonna son pantalon et le fit glisser vers le bas.

Le contour de sa grosse bite était sur le côté de sa braguette, en slip de coton noir qui la tenait confortablement.

Il y avait une zone humide à l'extrémité de ce renflement.

Elle sentit un bourdonnement de chaleur la parcourir lorsqu'elle le vit.

Ce serait bien mieux que de regarder des magazines et des sites Web!

Rapidement, elle abaissa son pantalon jusqu'à ses chevilles.

Puis il a commencé à retirer ses sous-vêtements de ses hanches ...

Faisant attention à ne pas toucher le sexe qui dépassait des limites de ses vêtements, elle poussa le sous-vêtement vers le bas pour s'installer avec son jean.

Se levant, elle leva ses bras menottés au-dessus de sa tête, les amenant au repos devant son corps.

"Détends-toi." Elle ordonna, alors qu'elle le poussait brutalement sur le lit.

"Déplacer vers le haut."

Les bras croisés, elle le regarda s'étirer maladroitement sur le lit.

C'était une tâche difficile avec ses mains et ses pieds entravés.

Une fois qu'il fut positionné à son goût, elle se déplaça à ses côtés, plaçant une main sur ce ventre tendu.

"Mettez vos mains sur votre tête."

Le lit était sur un cadre de plate-forme fait à la main avec une tête de lit intégrée.

La tête de lit contenait des balustrades métalliques.

Veronica, avec son ami charpentier Cliff, l'avait fait il y a un an.

Elle adorait ça ... ne pouvait pas attendre pour enfin l'utiliser comme elle l'avait initialement prévu.

Combien de nuits en avait-il rêvé?

Il a enlevé ses bottes, est monté sur le lit et a chevauché sa poitrine.

Il retira la chaîne de sa chemise et se pencha en avant, en travers de son visage, ouvrant une manchette.

Puis la menotte passa le long de l'un des rails métalliques et la rattacha à son poignet.

Andrew frotta son visage contre ses seins alors qu'ils glissaient sur elle.

En grognant, elle se pencha en arrière et le frappa violemment au visage, pour la troisième fois cette nuit-là.

"Est-ce que je vous ai dit de faire ça?" Elle a demandé, le regardant.

Il secoua légèrement la tête, mais ne sembla pas désolé.

Prenant un mamelon, il le tordit fort.

Son corps trembla sous elle et il gémit.

Elle tendit la main vers l'autre, et il essaya de s'éloigner ...

"C'est bien!" Halètement. "Désolé ... je ne le referai plus."

Il lécha une lèvre nerveusement, mais quand elle glissa en arrière, son jean effleura rudement sa bite dure.

Elle se regarda, puis revint vers lui.

Son regard changea, comme embarrassé.

Regardant vers le bas, il se dirigea vers la porte de la chambre.

"Je vais prendre une douche. Je sens le même bar."

Elle se retourna pour le regarder à nouveau ... menottée à son lit, nue à l'exception des vêtements emmêlés autour de ses chevilles et de ses bottes de motard.

Son sexe était dressé et palpitant, ruisselant de précum.

Un frisson la traversa, et cette fois son grognement était celui de la luxure primitive.

"Ne bouge pas".

Et il est sorti avec un murmure rauque.

"Tu ne vas pas me laisser comme ça, n'est-ce pas, Veronica?" Il a demandé avec ses yeux implorants.

Elle lui fit un sourire sadique et quitta la pièce.

CHAPITRE 6

Cela semblait être une éternité, attendre là, menotté au lit.

Andrew l'entendit dans la douche.

Pendant un moment, il se demanda s'il pouvait sortir des menottes, s'il le voulait.

Non, ce n'était pas possible.

Cela lui donna quelques instants de panique, mais ensuite il se força à se calmer ... et à admettre qu'il ne voulait vraiment pas sortir.

Il y réfléchit un moment et son pénis flasque prit vie.

Il gémit et souhaita qu'elle se dépêche ... sachant qu'elle appréciait son doux moment.

Finalement, elle finit de se doucher et entra dans la pièce dans une douce robe blanche.

Il est allé dans un tiroir et l'a fouillé.

Ses cheveux roux étaient peignés et pendaient humides sur ses épaules.

Sortant quelques objets du tiroir, elle quitta à nouveau la pièce, sans même le regarder.

La mélodie qu'elle fredonnait attira l'attention de son oreille.

Andrew la suivit du regard.

Après s'être habillé, il est retourné dans la pièce.

Elle portait un t-shirt blanc moulant et décolleté qui révélait sa poitrine ample et sa taille fine.

Avec une paire de shorts à carreaux noirs et blancs, révélant un ventre plat et des hanches pleines.

Elle s'est déplacée à ses côtés.

Avec les jointures d'une main, il traça la ligne de sa mâchoire hérissée de cheveux.

Elle aimait toujours comment avec ces yeux vulnérables.

Knuckles est venu pour tracer ses lèvres, et elle a inséré un doigt dans sa bouche.

"Suce-les." Dit-elle en levant un deuxième doigt vers sa bouche.

Avalant, il suça doucement, enroulant sa langue autour d'eux.

"Vous avez besoin d'un mot." Elle a dit, pompant ses doigts dans et hors de sa bouche. «Un mot pour me dire si ce que je fais est trop... si tu as vraiment besoin que je m'arrête.

Elle arracha ses doigts de sa bouche et il se lécha les lèvres.

"Tu n'as rien fait que je ne puisse pas gérer." Il marmonna dans sa barbe.

"Oh, nous n'avons vraiment pas encore commencé, Andrew!" Dit-elle avec un petit rire. «Dis-moi un mot».

«Adoucissement», dit-il après un moment d'hésitation.

C'était l'une des rares choses qui me vint à l'esprit à l'époque.

"'Adoucir' est, alors ... Tu te souviens de ça, d'accord?"

Elle attendit qu'il acquiesce, puis se leva et se dirigea vers une table voisine.

La lumière augmenta alors qu'il allumait des bougies.

Prenant une bouteille d'huile pour bébé, elle tendit la main et la versa généreusement sur sa poitrine et son ventre.

Plus versé sur sa bite et les couilles.

Il retint son souffle alors qu'elle commençait à répandre l'huile sur lui avec des mains fermes.

Elle l'a étalé sur les poils de sa poitrine.

Puis, le fixant dans les yeux, elle caressa l'huile sur sa bite et ses couilles, le faisant tourner dans son nid de cheveux.

"Je n'ai certainement pas besoin d'un mot pour arrêter ça!" Dit-il avec un petit rire.

Levant un sourcil, elle essuya ses mains sur la serviette qu'elle portait et se leva.

Elle prit une bougie blanche allumée sur la table.

Il faisait environ deux pouces d'épaisseur.

La plaçant sur le sol à quelques mètres au-dessus de son ventre, elle leva les yeux vers lui.

Il déglutit et grimaça.

La bougie se pencha lentement à travers sa main et la cire chaude se répandit sur son abdomen.

« Ahhhh... » gémit-il, étirant ses abdos.

Il haleta pendant une minute.

Elle regarda, attendant qu'il retienne son attention.

Maintenant, la bougie était sur son mamelon gauche.

Son souffle se fit par petits éclats, les yeux fixés sur la bougie.

Un gémissement, alors que la cire éclaboussait son mamelon et dérivait sur son côté.

Regardant vers le bas, Veronica était étonnée de voir à quel point sa queue était restée dure.

Lentement, il abaissa la voile pour survoler ce muscle palpitant.

Une fois de plus, ses yeux le suivirent, puis s'écarquillèrent.

"Non ... Non ... Non, Veronica, s'il te plaît !!" Il se tendit contre ses poings, secouant la tête.

"Vous avez un mot, vous vous souvenez?" Elle a demandé, son visage dur. "Vas-tu l'utiliser?"

Il resta immobile un moment, la regardant.

Il devrait dire ce mot, s'il voulait que cela se termine.

Secouant la tête, il s'effondra contre le lit.

Ses yeux se fermèrent, son visage rougit.

Veronica était assise là, tenant la bougie, laissant plus de cire s'accumuler ... Attendant qu'il la regarde à nouveau.

Au bout d'une seconde, il ouvrit les yeux.

"Prêt?"

La question est venue quand elle a vu son regard fixé sur elle.

En fait, c'était plus une déclaration qu'une question.

Poussant ses mains vers le haut, il saisit les rails de linteau les plus proches, agrippant fermement.

Puis, il hocha la tête.

Le tenant un peu plus haut cette fois, il inclina la bougie.

Lentement, il le laissa s'égoutter pour éclabousser sa bite, dégoulinant également de ses couilles.

Goutte après goutte est tombée.

Gémissant et tremblant, sa tête retomba alors que les sensations fortes le frappaient.

Elle a continué à couler plus de cire.

Maintenant sur ses mamelons et le long de sa poitrine ... et à nouveau sur son ventre.

Son torse était recouvert de cire blanche ...

Quand ses yeux rencontrèrent les siens, il avait l'air hébété et ivre.

Son expression était douce maintenant.

Il replaça la bougie dans le support et se pencha à quelques centimètres au-dessus de son visage.

Avec sa main agrippant une poignée de ses cheveux, elle lui donna finalement ce baiser sur la bouche.

Séparant ses lèvres pour l'accueillir, il gémit, laissant sa langue le piller à l'intérieur.

Le baiser était envahissant et exigeant.

Haletant, il la laissa l'emmener où elle voulait.

C'était un côté de lui qu'il n'avait jamais pensé exister.

Il lui fit quelque chose, la transperça de faim.

Il attrapa les clés des menottes et se déplaça rapidement pour les déverrouiller.

Il semblait confus.

Elle l'embrassa à nouveau.

«Enlevez vos bottes et votre pantalon», insista-t-elle d'une voix rauque.

Il obéit rapidement alors qu'elle se dirigeait vers la salle de bain.

CHAPITRE 7

Quand elle a quitté la pièce, il a rapidement travaillé pour démêler le désordre des bottes, des jeans et des boxers.

Il entendit l'eau couler dans la salle de bain.

"Essuyez la cire sur votre bite et vos couilles." Elle lui ordonna, revenant avec un linge chaud et une serviette.

Il était surpris de la facilité avec laquelle la cire se détachait, avec l'huile en dessous.

Il la regarda de ses paupières baissées, sa respiration douce, suivant rapidement son ordre.

Il se sentit étourdi.

Elle a déménagé dans le placard pendant qu'il se nettoyait.

Il y avait une boîte en carton perchée sur l'une des étagères, elle la souleva et la posa sur une chaise à proximité.

Il pouvait entrevoir une variété de choses étranges à l'intérieur ... et certaines choses étaient encore dans les emballages.

La boîte l'intrigua ...

Avait-il acheté ces choses ? Maroquinerie ?

« Agenouillez-vous sur le lit. Elle ordonna, sortant quelque chose de la boîte.

Sa respiration s'accéléra alors qu'il montait sur le lit et s'agenouillait.

"Les mains à vos côtés."

Il baissa les mains en tremblant un peu.

C'était tellement fou ...

Il venait juste de dire qu'il était désolé pour ce qui s'était passé.

Mais il n'y avait aucun moyen qu'il puisse sortir maintenant, aucun moyen !

Et elle l'avait embrassé ...

Cela lui suffisait pour rester.

Il regarda ce qu'elle tenait ... c'était un collier en cuir noir d'environ deux pouces de large, avec un anneau en métal sur le devant.

Oh merde!

"Vas-tu me mettre ça sur moi?" »Il a demandé nerveusement, déglutissant dur.

Son sexe palpitait.

Un signe de tête solennel fut sa réponse.

Avec deux doigts, il souleva son menton, puis elle attacha le collier autour de son cou.

Il avait une sensation de brûlure qui lui descendait à l'aine.

Pourquoi cela l'excitait-il?

En reculant, elle l'admirait avec ces yeux pleins de luxure verte.

Le cuir était écrasé contre sa gorge.

Il essaya de la regarder dans les yeux, mais dut les fermer.

Il baissa la tête, rougi d'embarras.

"Tu es à moi maintenant, n'est-ce pas Andrew?"

Il pouvait sentir son corps si près, alors qu'elle soufflait les mots dans son oreille.

Il hocha la tête, ne faisant pas confiance à sa voix.

Elle tendit la main pour brosser la cire de ses mamelons, en brossant les pointes avec ses doigts.

La chair de poule se forma sur sa peau alors qu'il frissonnait sous son toucher.

Soudain, il s'est retourné et est retourné à la boîte.

Elle est revenue avec une sorte de bandes de cuir.

Andrew déglutit, mais resta immobile, enroulant d'épaisses bandes de cuir autour de ses cuisses.

Elle le fit de nouveau s'agenouiller, centré sur le lit.

Puis elle a attaché des bandes autour de ses poignets et les a attachées à l'extérieur des bandes de cuisse.

De temps en temps, elle s'arrêtait à son travail pour le regarder avidement.

Puis elle se déplaça derrière lui, ajustant les bandes autour de ses chevilles.

En l'amenant dans une position à genoux plus large, elle attacha de courtes chaînes métalliques des chevilles aux cuisses des deux côtés.

Maintenant, il était immobilisé.

Poignets et chevilles fixés aux cuisses.

Tenue musclée.

Il a combattu la panique.

"Est-ce que j'ai encore ce mot si j'en ai besoin?" Il a demandé à travers les dents serrées, la tête renversée en arrière.

"Oui," dit Veronica en repassant dans la boîte.

Elle se tint à nouveau devant lui, les objets dans sa main.

"Voulez-vous utiliser votre mot maintenant?"

«Euh, euh» dit-il, secouant la tête «non», déplaçant le collier contre son cou. "J'ai juste besoin de savoir que cette possibilité existe toujours."

Sa poitrine montait et descendait avec ses efforts pour contrôler sa respiration.

Mais pour une raison étrange, sa bite était dure comme de la pierre, dégoulinant de liquide sur son lit.

Elle attrapa à nouveau l'huile pour bébé et en frotta sa bite enflée.

Il se sentait céleste, et il poussa ses hanches aussi loin que les contraintes le permettaient.

Rapidement, elle le frappa avec sa paume ouverte.

Il gémit et poussa à nouveau, incapable de se retenir.

"Reste tranquille." Elle ordonna, un petit grognement dans sa voix.

Il acquiesça, déglutissant contre son cou.

Lentement, elle plaça un anneau en caoutchouc noir sur sa bite palpitante.

Il regarda avec étonnement sa bite se développer encore plus, les veines dépassant le long de son membre.

Il brillait de l'huile.

"Putain de merde!" Il gémit, souhaitant pouvoir le supporter.

Mais il fut distrait de cette pensée, alors qu'elle retournait à la boîte ... en train d'ouvrir un paquet.

Maintenant que?

Debout devant lui, il tenait à la main un objet en caoutchouc noir en forme de cône.

Est-ce un plug anal?

Je les avais déjà vus dans des magasins de porno ...

Un frisson le parcourut.

Non ... oh non!

Il a commencé à secouer la tête.

"Allez Veronica ... Pas question ... ce n'est pas ce que je pense que c'est ... n'est-ce pas?"

Il ne pouvait pas le quitter des yeux.

«Ça l'est, Andrew... C'est ce que tu penses que c'est... mais pas le meilleur que j'ai. Tu peux le supporter. Es-tu toujours vierge là-bas?

Elle le regarda.

Il hocha la tête à sa question puis se secoua.

"Bien sûr que je le suis! Tu ne peux pas mettre ça sur mes fesses ... Allez, bébé, tu n'es pas sérieux! Et toi?"

Il a tiré sur les attaches.

Elle se tenait tranquillement devant lui, ses jambes se croisant sexy, son trou du cul couvert dans une main et le lubrifiant dans l'autre.

"Je pense que tu peux gérer ça ... pour moi." Dit-elle calmement.

Il secoua de nouveau la tête, mais il avait cessé de lutter contre ses liens.

"Pour moi." Elle a répété, d'un ton rauque.

Lentement, ses yeux rencontrèrent les siens.

«Veux-tu m'embrasser à nouveau? Il a demandé, sa voix tremblante.

Il ne pouvait pas croire qu'il était d'accord avec cela.

C'était tellement fou.

Elle hocha la tête, gardant un contact visuel.

"Oui, je t'embrasserai certainement à nouveau, si tu fais ça pour moi."

"D'accord ... mais vas-tu arrêter si ça fait trop mal?" Il se sentait désespéré et effrayé.

Jetant le phallus cul et le lubrifiant sur le lit, elle grimpa à côté de lui.

Se penchant, elle effleura ses lèvres contre son cou.

"Je t'ai bébé." Elle a chuchoté.

Il hocha la tête, tremblant mais se calmant.

Il lui disait ces mêmes mots, il y a de nombreuses années, quand elle apprenait à rouler à l'arrière de son vélo.

OK, elle s'en souvenait aussi, elle se rappelait quand les choses allaient bien.

Il hocha de nouveau la tête.

Veronica, agenouillée sur le lit derrière son dos et son cul musclés, admirait la vue.

Elle adorait son apparence, ligotée dans cette position ...

Il aimait la façon dont elle continuait à se soumettre à ses désirs les plus sombres ...

Laissez-le porter son collier!

Un frisson la parcourut et elle lui caressa la joue du cul.

Il se tendit, attendant.

"Détends-toi ..." murmura-t-elle en se frottant l'anus.

Une fois que cela fut fait, elle passa un doigt dans son trou serré.

Un gros tremblement le traversa alors qu'il gémissait.

Retirant sa main, elle attrapa le lubrifiant, l'étalant sur un doigt.

Elle a distribué une quantité de lubrifiant autour de l'extérieur de son trou.

Un halètement et il baissa la tête en arrière, appuyant son corps contre ses mollets.

L'espace était restreint, mais elle pouvait toujours passer sa main sous lui, lentement un doigt dans son cul serré.

"Ohhhh ..." Il expira sur un bas gémissement.

Ce n'était pas exactement le bruit de l'inconfort.

Un sourire se répandit sur le visage de Veronica alors qu'elle passait un deuxième doigt vers l'intérieur.

Un autre gémissement récompensa ses efforts.

Utilisant un peu ses doigts, elle essaya de le détendre.

Il tressaillit et descendit de ses mollets.

Elle sentit l'entrée serrée céder un peu.

Sortant ses doigts, elle saisit le bouchon en forme de phallus, graissant généreusement sa longueur.

Ce n'était pas énorme, mais elle savait qu'il le sentirait de cette façon sur ce cul vierge.

« Asseyez-vous un peu plus. Elle lui dit, sa main sur la fesse de son cul pour le guider.

Il suivit silencieusement ses instructions, sa poitrine se soulevant.

Maintenant avec de la place pour travailler, elle plaça l'extrémité étroite en forme de cône contre son trou.

Un petit grognement quand il sentit la pointe humide se presser contre lui.

Il se serra.

"Détends-toi," dit-il à nouveau, "et asseyez-vous dedans."

Prenant une profonde inspiration, elle essaya.

Le bouchon glissa rapidement à mi-chemin, et avec une poussée rapide et dure, il le poussa au-delà de ses anneaux intérieurs.

La base ronde et plate reposait confortablement entre ses fesses.

"Oh mon Dieu!!" Il gémit ... "Merde! Alors tout est dedans!" Il haletait, essayant de le régler.

Frappant légèrement son cul, elle descendit du lit et se dirigea vers le bureau.

Il prit une paire de pinces à linge et elle en plaça une sur chaque mamelon.

Il gémit et trembla.

De retour sur le lit devant lui, Veronica passa ses mains sur ses épaules et le long de ses bras musclés tendus.

Frottez votre ventre avec vos doigts sur les gouttes de cire.

Il la regarda, tandis qu'elle l'admirait, ligotée comme ça.

Avec sa main derrière sa tête, le rapprochant d'elle, elle lui donna le baiser promis.

Le baiser qu'il avait mérité.

Agenouillée entre ses genoux tendus, elle laissa son corps se presser contre le sien.

Sa langue explorait sa bouche avec un tel désir passionné qu'elle pensait qu'il pouvait venir ici.

L'anneau autour de sa queue fournissait juste assez de pression pour l'arrêter.

Dieu, elle avait si bon goût!

Un courant traversa tout son corps alors qu'il ressentait tout cela si vivement ...

Sa langue remplit sa bouche, son cul rempli de plug, sa bite gonflée contre l'anneau, ses tétons brûlants et son corps attaché.

Il était complètement esclave pour son plaisir!

En avalant de l'air, il avait l'impression qu'il pourrait s'étouffer avec toutes les sensations.

Son érection lancinante se pressa contre son corps.

«S'il te plaît Veronica» supplia-t-il... il n'était pas sûr de ce qu'il implorait. "S'il vous plait!"

Elle hocha la tête, l'embrassant dur un instant de plus.

Puis elle se déplaça sur le côté et commença lentement à secouer sa bite huilée.

Balayages complets de la base à la tête.

Secouant son corps sous sa main, il grogna et gémit.

Au début, c'était incroyable et elle rejeta la tête en arrière.

Mais à mesure que son rythme s'accélérait, il devenait écrasant.

"Plus lentement s'il vous plaît!" Il a supplié ... c'était trop à la fois.

Il a essayé de lever la main pour l'arrêter, mais le bracelet l'a arrêté.

Elle a continué à accélérer le rythme, un sourire méchant sur ses lèvres.

Sa main glissa sur toute la longueur de sa queue, frappant contre sa tête de champignon.

C'était presque douloureux, sa bite si gonflée à cause de l'anneau.

Il grogna.

Son autre main se leva pour la presser contre un mamelon habillé et il hurla.

"Hmm, ça va, sens-le!" Elle a chuchoté à son oreille.

Pressant son corps contre sa hanche, elle le frappait constamment.

Malgré la maladresse de son rythme, il sentit la pression monter dans ses couilles.

"Je vais ... je vais ..."

Son corps se cambra alors qu'elle tentait de trouver une libération contre l'anneau.

"Tu vas venir maintenant!" Elle grogna dans son oreille.

La tête rejetée en arrière, les hanches bougeant dans les limites de son esclavage, l'orgasme le frappa.

Des lumières vives ont pulsé devant ses yeux.

Les muscles se resserrèrent et le sperme chaud pulsa en un arc.

Son corps a convulsé, et vague après vague de sperme blanc épais a été expulsé de lui.

Elle a continué à secouer sa bite jusqu'à ce que la dernière goutte soit expulsée de sa queue fatiguée.

Son corps était aussi vidé que sa queue.

Euphoria le submergea et il eut l'impression de flotter.

Avec ses doigts sur son menton, elle leva la tête et lui donna un autre baiser sur la bouche.

Puis elle a commencé à le détacher lentement, enlevant d'abord les pinces à linge.

Étirant ses membres, Andrew descendit enfin du lit, les jambes légèrement instables.

Il la regarda silencieusement, alors qu'elle enlevait la literie et la jetait dans le coin.

Son sexe, sans l'anneau, restait mou.

Il pensait pouvoir dormir pendant des jours ...

Mais elle enlevait ses vêtements maintenant, ses courbes blanches nues douces à la lueur des bougies.

Oh mon Dieu ... ça faisait si longtemps! Et elle était si belle!

Les cheveux roux qui lui tombaient sur les épaules ...

Des boucles rouges poussiéreuses recouvrant son monticule.

Il avait l'eau à la bouche alors que sa queue prenait vie.

Elle tira la couverture et les draps, allongée sur le lit.

Écartant les jambes, elle passa une main sur sa chatte humide ... puis l'appela de son autre main.

Il monta sur le lit, le visage enfoui dans sa chatte humide.

Se souvenant de l'affaissement de son visage, il utilisa sa langue pour enduire son jus sucré.

Cieux!! C'était là que ça devait être!

Toute hésitation était partie.

C'était quelque chose qu'il connaissait presque comme une habitude

...

Comment faire vibrer son corps, comment il aimait le faire.

Il lécha son clitoris et suça ses lèvres.

Elle gémit en réponse.

Trois ans n'ont pas pu effacer cette connaissance.

Il leva les mains pour frotter ses seins et ses tétons.

Cette fois, cependant, elle était déjà à mi-chemin de jouir quand il a commencé.

Son excitation était déjà profonde, alimentée par ses actes de soumission.

La bouche ouverte, il pressa sa langue contre elle, étonné de ses réponses.

Des gémissements gutturaux lui échappèrent.

"Merde, tu es bon Andrew!" Dit-elle en se caressant les cheveux.

Les mots lui donnèrent un sursaut de plaisir, et il léchait avec plus d'enthousiasme.

Lorsque ses mains se penchèrent pour saisir ses cheveux et que son corps se tendit, il sut qu'elle se rapprochait d'arriver.

Il ne s'arrêta pas à son travail, sa langue se pressant contre son clitoris gonflé.

Et quand l'orgasme a explosé et qu'elle a eu le souffle coupé, il était prêt pour l'éjaculation qui sortait de sa chatte.

Cela ne s'était jamais produit auparavant!

Elle tenait sa tête contre la sienne pendant qu'il la buvait.

Wow, quelque chose s'est bien passé avec la nuit!

Il regarda son corps agité avec étonnement.

"Continuez à lécher!" Elle grogna et eut un autre spasme, alors qu'il se précipitait pour se conformer.

Un troisième et quatrième orgasme lui fit trembler le dos, récompensant son effort.

Finalement, elle se laissa tomber contre le lit avec un soupir épuisé, le poussant à la rejoindre.

Embrassant son visage mouillé, elle pressa son visage dans ses mains.

« Tu es de retour pour toujours? Elle a demandé.

"Je suis pardonné?" Il fouilla son visage.

"Oui, tu l'es ... Mais tu vas devoir gagner encore confiance."

Il hocha la tête avec une compréhension solennelle à ses paroles, un regard triste dans les yeux.

Mais ensuite elle roula sur sa poitrine, le pressant contre le lit avec son corps.

"Mais il y a autre chose, Andrew. Comme tu peux le voir, j'ai changé. J'ai des besoins différents maintenant ..."

Elle le fixa, un regard affamé dans les yeux.

"Oui, je me suis rendu compte!" Il a dit, avec un petit rire, déglutissant dur.

Ses fesses sont devenues roses, sa bite a secoué sa cuisse.

"Alors, tu restes pour des choses comme ça ... comme ce qu'on a fait ce soir?" La question est venue avec un regard sérieux.

Enfouissant sa tête dans son cou, il hocha la tête avec ferveur contre elle, trop embarrassé pour croiser son regard.

Son sexe palpitait.

Avec un profond soupir de soulagement, elle le serra contre elle.

L'intensité de son étreinte parlait plus que les mots ne pouvaient en dire.

Avec un sentiment croissant d'excitation, il savait quelque chose ...

Il savait que même s'il y aurait des hauts et des bas, ce serait plus facile de cette façon.

Bien mieux que de se battre ...

Laissez-le simplement partir, et laissez-le être un esclave pour votre plaisir.

HEURES SUPPLÉMENTAIRES
ERIKA SANDERS

49

J'entre dans le grand immeuble de bureaux et fais un signe de tête au gardien de sécurité alors que je me dirige vers les ascenseurs.

J'appelle l'ascenseur et j'attends qu'il arrive.

Les portes s'ouvrent, j'entre et j'appuie sur le bouton de l'étage où je veux aller.

Les portes se ferment, je regarde ma robe et la lisse avec mes mains.

Je peux sentir le haut de mes bas alors que je glisse mes mains sur mes hanches et mes cuisses.

J'ai un haut en dentelle qui retient les bas, donc il n'y a pas de bretelles pour ruiner la ligne de ma robe.

L'ascenseur s'arrête doucement et je sors.

Je souris poliment aux gens qui attendent devant la porte et qui entrent dans l'ascenseur derrière moi.

Les portes se ferment et j'écoute l'ascenseur qui descend au rez-de-chaussée, puis tout est silencieux.

Il est tard, presque la nuit.

Bien que les derniers rayons de soleil continuent de traverser les fenêtres, alors que je marche dans le couloir jusqu'à votre bureau.

Vous ne m'attendez pas.

Tu ne sais même pas que je suis en ville aujourd'hui.

Je viens à ta porte et je regarde toujours à l'intérieur.

Vous voilà sur votre ordinateur, en train de taper et de vous concentrer sur l'écran, inconscient de ma présence dans la pièce.

Vos mains hésitent sur les touches, votre tête s'incline d'un côté et je vous entends respirer profondément par le nez.

Lorsque vous commencez à tourner la tête, je glisse mes mains sur vos yeux.

"Devine qui je suis?" Je souffle dans ton oreille.

"Est-ce vraiment toi?" Vous murmurez surpris.

Je prends le dossier de ta chaise et te tourne pour me regarder.

"Salut mon cher". Je souris sur ton visage avec étonnement.

Vous vous levez et me prenez dans vos bras. Tu es perdu dans les mots alors que tu me tiens, je peux entendre ton souffle coincé dans ta gorge, et je m'éloigne pour te regarder dans les yeux.

"Je ne peux pas croire que c'est toi ... tu es vraiment ici."

"Je t'ai dit que j'arrivais." J'ai répondu avec un sourire.

"Oh chérie, c'est si bon de te voir." Vous dites, comme vous enterrez votre visage dans mon cou.

Vos bras se sentent si bien autour de moi et vous sentez divin.

Tes lèvres contre mon cou placent de petits baisers sur ma bouche, et quand nos lèvres se rencontrent enfin pour la première fois, je me sens comme chez moi.

Nous nous connaissions depuis des mois à bavarder en ligne, à nous rencontrer, le même sens de l'humour idiot ...

J'ai apprécié son intelligence ...

Maintenant, nous étions tous les deux seuls.

Je n'ai vu aucune raison de ne pas me rendre dans votre ville.

Et nous étions enfin ensemble.

Je sentais que je me noyais dans tes baisers, la chaleur parcourait mon corps.

Je vous ai repoussé dans votre chaise et j'ai tendu la main pour desserrer votre cravate.

Lentement, je défais ma cravate et la laisse tomber au sol.

Ensuite, je défais les boutons de votre chemise ...

"Ne devrions-nous pas aller dans un endroit plus confortable?", Demandez-vous.

"Je ne peux pas attendre si longtemps." Je réponds à bout de souffle, alors que je retire ta chemise de ton pantalon et soulève ma robe pour pouvoir chevaucher ta chaise.

Tes mains remontent sur mes jambes recouvertes de bas, sentant le contraste entre le haut en dentelle et la peau lisse de mes cuisses.

Je t'entends gémir doucement alors que je referme ma bouche sur la tienne.

Je sens ta dureté à travers ton pantalon alors que je bouge sur tes genoux.

Votre main atteint la fermeture éclair au dos de ma robe et je peux sentir que vous la tirez vers le bas jusqu'à ce que ma robe tombe de mes épaules et que mes seins soient révélés.

Avec un gémissement, tu enfouis ton visage dans mon décolleté et suce avidement mes tétons.

Maintenant, je me tord sur vos genoux, attrapant la ceinture de votre pantalon et la défaisant.

À bout de souffle, je me lève, laissant ma robe tomber par terre.

Je ne porte pas de culotte donc il ne me reste que des bas.

Je te remets sur pied en abaissant ton pantalon et ton short.

Vous vous asseyez et vous écartez vos vêtements.

Votre érection est grande et fière, et je tombe à genoux et l'adore avec mes lèvres et ma langue.

Vos mains agrippent les bras de la chaise, les jointures blanches.

J'entends tes gémissements de plaisir quand je te suce profondément dans la chaleur de ma bouche.

"Se lever!" J'entends votre ordre et j'obéis à votre ordre.

Vous m'attirez vers vous, alors que vous vous penchez en avant et enfouissez votre visage dans ma chatte.

Ta langue fourre entre mes lèvres rasées, lèche mon clitoris et me rend fou de désir.

Bientôt je gémis de plaisir, une main derrière ta tête, te rapprochant de moi.

Je ne peux plus attendre, et je te repousse par les épaules et le long de ma chatte humide et brillante sur ta bite.

Je m'abaisse lentement sur toi, ta bite me remplit, de plus en plus profondément.

Un gémissement s'échappe de mes lèvres, quand je te sens au plus profond de moi.

Ton visage, encore une fois entre mes seins, quand je commence à bouger lentement de haut en bas.

Vous vous sentez incroyable en moi, mais les bras de votre chaise rendent les mouvements difficiles.

Vous pouvez voir mon inconfort et donc vous m'arrêtez doucement et nous suggérons de changer de position.

Tu me fais me lever, et ma frustration est évidente, j'ai besoin de toi maintenant!

Vous me retournez et me repliez sur votre bureau.

Ensuite, j'ai l'impression que tu viens par derrière.

"Oh ouais ... j'aime ça comme ça ..."

Ta bite dure me remplit une fois de plus, et je commence à gémir bruyamment.

Je t'entends donner un coup de pied à la porte pour la fermer.

"Pas trop fort ma chérie ... Au cas où quelqu'un entendrait ..."

"Je vais essayer ..."

Je gémis en me mordant la main, essayant de contenir mes sons de passion.

Lentement au début, vous me poussez à l'intérieur et à l'extérieur de moi, mais il ne faut pas longtemps avant de commencer à bouger plus vite.

"Oh s'il te plait ... plus fort ... baise ... moi ... plus fort ..."

Vos mains saisissent mes hanches et vous commencez à enfoncer votre bite dans ma chatte humide.

Les sons de nos corps qui se heurtent peuvent être entendus avec mes gémissements étouffés.

Plus fort et plus vite tu te plonge en moi.

Je peux sentir un autre orgasme se refermer, mon corps se crispe par anticipation.

Quand tu me frappes, je t'entends relâcher ton souffle alors que tu jouis en moi, les parois de ma chatte se contractent autour de ta bite, et je gémis de plaisir.

Lorsque notre respiration commence à revenir à la normale, je m'assois et me tourne vers vous pour un autre long et long baiser.

"Oh chérie, c'était incroyable ..." Tu me dis entre deux baisers.

"Tu étais aussi incroyable." Je souris et mords doucement ta lèvre. "Maintenant je meurs de faim, veux-tu m'emmener dîner ou quoi?"

FANTAISIE:
BDSM ET TRIO
ERIKA SANDERS

CHAPITRE 1

Vêtue de rien de plus qu'un manteau de fourrure, Susy entra dans la pièce.

Fred est attaché au lit avec les jambes écartées.

L'émotion dans ses yeux correspondait à l'érection dure comme le roc qu'il montrait.

C'était son fantasme.

Pour leur anniversaire, ils avaient décidé de se donner le fantasme sexuel choisi.

Fred avait toujours voulu essayer l'esclavage, et avait finalement eu le courage de le suggérer.

À sa grande surprise, elle n'a pas ri, elle a adoré l'idée et était ravie de trouver une variété d'articles à choisir.

Les poignets de Fred étaient attachés à la tête de lit avec des cordons de soie.

Alors qu'il la regardait marcher lentement vers lui, il ne put s'empêcher de serrer les poings et de tirer sur ses attaches.

Le manteau était déboutonné à l'avant, et en marchant, il pouvait voir ses seins, son nombril et ses poils pubiens.

Cela semblait prendre une éternité pour arriver au bout du lit.

Grimpant sur l'immense lit, elle rampa sur son corps.

La fourrure effleura sensuellement sa peau.

Elle captura sa bouche avec la sienne, frottant son corps contre lui.

Il adorait qu'elle ait le contrôle total, mais il n'avait pas réalisé à quel point il voulait la toucher.

Sa bouche chaude était sur son érection, le suçant et le léchant, il gémit et ses hanches se levèrent du lit avec envie de plus.

"Oh ... Susy ... tu peux me détacher maintenant, laisse-moi te toucher."

"Oh non ... tu es ligoté."

Elle lui sourit, prenant ses couilles en coupe et glissant ses doigts derrière eux pour masser la peau sensible.

"Hmm chérie ... c'est bien, mais je veux aussi te faire plaisir."

"Oh, tu le feras."

Susy retira le manteau de fourrure de ses épaules et le laissa tomber au sol.

Et avec un sourire diabolique, il retourna au lit.

Elle s'agenouilla sur l'oreiller, un genou de chaque côté de la tête de Fred, et baissa sa chatte jusqu'à sa bouche d'attente.

Fred lécha avec empressement, alors qu'elle se penchait en avant et prenait sa dureté dans sa bouche une fois de plus.

Il lui était difficile de se concentrer sur ce qu'elle faisait car sa langue la rendait folle.

De douces sensations ont parcouru son corps, jusqu'à ce qu'elle se mette à trembler puis à crier alors que son orgasme frissonnait dans ses membres.

Elle s'écarta de lui et glissa le long de son corps, et s'empala sur sa masculinité rigide et impatiente.

Elle entendit Fred haleter et se tordre sous elle alors que l'humidité chaude l'enveloppait.

Elle a commencé à monter et descendre lentement, glissant de haut en bas sur toute sa longueur.

Elle adorait le sentir en elle, la remplir et l'étirer à la limite.

Elle s'aplatit contre lui plus fort, sentit la tension dans son corps recommencer et commença à le chevaucher sérieusement.

Chaque fois plus forte, elle le frappait.

Elle savait qu'il était proche, mais elle ne pouvait pas y arriver si vite avec ça.

Il glissa sa main le long de son corps et commença à prendre du plaisir.

Jouer avec son clitoris avec son doigt, atteignant l'orgasme un moment après que Fred ait éjaculé en elle.

Elle s'allongea à côté de Fred et déboutonna les cordons de soie.

Il se frotta les poignets puis la prit dans ses bras.

"C'était incroyable," dit-il en la serrant contre lui-même. «Mais j'ai remarqué que vous aviez besoin de vous aider à atteindre à nouveau l'orgasme, n'y a-t-il rien que je puisse faire pour vous faire revenir pendant que je suis en vous?

"Tu sais," commença Susy avec hésitation, "Il y a quelque chose sur quoi je me suis toujours demandé."

"Dis-le." Fred a dit: "Laisse-moi réaliser ton fantasme."

«Je me suis toujours demandé ce que ça ferait si quelqu'un le mangeait pendant que tu étais à l'intérieur de moi...» Susy hésita, espérant que Fred refuserait.

Il réfléchit attentivement pendant un moment.

J'ai été surpris par votre demande.

Il faudrait que ce soit quelqu'un en qui ils pourraient avoir confiance, pensa-t-il.

«Pouvez-vous me donner du temps? Il a demandé en la regardant dans les yeux. "Vous devrez me faire confiance pour trouver quelqu'un de convenable, quelqu'un de discret."

"Oui, bien sûr." Elle était surprise qu'il soit d'accord avec ses souhaits.

Fred comprit parfaitement.

"Okay Susy, tu as réalisé mon fantasme, maintenant je vais réaliser le tien".

CHAPITRE 2

Environ une semaine plus tard, Susy est revenue à la maison et a découvert que Steven était en visite.

"Salut Steven, qu'est-ce qui t'amène ici?" Susy le serra chaleureusement dans ses bras; elle avait toujours été proche de Steven.

"Hé, bébé, ça venait juste d'arriver et j'ai pensé voir comment vous alliez tous les deux."

Ils ont fait du thé pour eux trois.

Ils ont rôti des guimauves sur le feu et Fred a insisté pour faire des sandwichs au beurre d'arachide et à la confiture.

La nuit était amusante et tous les trois ont consommé quelques bouteilles de vin.

Finalement, Susy a dit qu'elle était prête à aller se coucher et quand elle a dit bonne nuit, elle n'a pas remarqué le regard qui passait entre Fred et Steven.

Il se déshabilla et se glissa entre les draps.

Fred la rejoignit et la prit dans ses bras et commença à caresser son corps.

Sa tête tournait à la fois d'alcool et de désir, et ils s'embrassèrent bientôt passionnément, Fred caressant ses seins et suçant ses tétons.

Susy s'accrocha à ses épaules, le pressant de continuer.

Ses doigts plongèrent dans ses plis, répandant leur humidité et sondant l'intérieur.

Il pouvait se sentir courir, approchant de son apogée, puis Fred s'éloigna.

"Non ... Fred, ne t'arrête pas ... s'il te plaît ..."

Fred l'arrêta au-dessus de lui et la fit tomber sur son érection.

Susy haleta quand il la remplit de sa queue.

Dans sa frustration, elle a commencé à se frotter contre lui.

Il voulait tellement venir qu'il a commencé à laisser tomber une main, mais Fred lui prit la main et la tint.

Elle baissa son autre main et il l'attrapa aussi.

«Fred non, tu ne sais pas ce que ça me fait...» supplia-t-il.

Fred était déterminé à garder le contrôle aussi longtemps que nécessaire.

Susy se pressait contre lui, elle était si proche mais elle avait besoin de quelque chose de plus pour la pousser à la limite.

Dans sa frustration, Susy n'entendit pas la porte de la chambre s'ouvrir et Steven entra tranquillement dans la pièce.

Elle n'était pas pleinement consciente de lui jusqu'à ce qu'elle sentit les mains derrière elle prendre ses seins en coupe.

Elle était tellement choquée qu'elle se figea et se tourna pour trouver Steven nu derrière elle.

«Steven! Elle haleta lorsque ses grandes mains pressèrent doucement ses seins.

"Je suis là pour vous aider à réaliser votre fantasme, bébé." Il lui a chuchoté à l'oreille.

Sa voix envoya des frissons dans sa colonne vertébrale.

J'étais enthousiasmé par l'idée mais aussi nerveux.

Je n'ai jamais rien fait de tel auparavant.

"D'accord, Susy, profites-en." Fred pressé.

Lorsque les deux hommes l'ont encouragée à s'allonger, Steven a saisi ses seins dans ses mains et a commencé à les lécher et à les mordiller.

La surprise de l'arrivée de Steven avait étouffé son excitation, momentanément.

Mais maintenant, il créait un nouveau feu en elle.

Fred était toujours enfoui au fond d'elle, tandis que Steven lui léchait le corps.

Il plongea dans son nombril avant de s'enfoncer plus profondément.

Susy glissait très lentement sur le membre de Fred, et quand la langue de Steven atteignit son clitoris, elle pensa qu'elle allait mourir de plaisir.

Fred sursauta. "Oh!" quand elle sentit la langue de Steven à la base de son membre.

C'était complètement inattendu et incroyablement excitant.

Steven a continué à lécher Susy, gardant un rythme parfait avec leur relation sexuelle.

Susy était folle de désir; elle n'avait jamais rien ressenti de tel auparavant.

Les sensations étaient si intenses.

La langue experte de Steven était sur son clitoris, et Fred était chaud et dur en elle.

Les deux sensations combinées étaient explosives.

Soudain, Fred la poussait et Susy criait avec son orgasme.

"Trop sensible ..." marmonna Susy en éloignant la tête de Steven.

Ensuite, cela a amené Fred à son apogée.

Susy s'est effondrée sur Fred haletant et transpirant dans la chaleur de la passion.

Susy regarda timidement Steven et réalisa son excitation palpitante.

Elle murmura à l'oreille de Fred et il hocha la tête.

"Laisse moi t'aider avec ça." Dit Susy avant de le prendre dans sa bouche.

Fred a regardé sa femme sucer la bite de Steven sur toute sa longueur.

Elle l'attira profondément, prenant tout ce qu'elle put.

Puis un rythme commença, deux rapides et superficiels et un profond et lent, il fit courir ses ongles le long de ses cuisses et les sentit se tendre.

Bientôt, il entra dans sa bouche alors qu'elle avalait aussi vite qu'elle le pouvait.

Fred a trouvé ça incroyablement excitant de le voir, il est redevenu dur en un rien de temps.

Alors j'ai immédiatement voulu le refaire.

Rouler sur le dos et pousser sa bite à l'intérieur de Susy alors que Steven quittait la pièce.

FIN

65

www.ingramcontent.com/pod-product-compliance
Lightning Source LLC
Chambersburg PA
CBHW022111150726
47990CB00003B/1317